ERNEST MABILLE

SA VIE

(1837-1906)

ERNEST MABILLE

SA VIE

(1837-1906)

l'Algérie et la Tunisie, vignobles nouveaux, furent particulièrement l'objet de ses investigations.

Bientôt l'Europe et l'Afrique ne suffisant plus à son activité dévorante, les deux Amériques le trouvèrent partout sur leur territoire, là où il fut possible de faire flotter haut et ferme le drapeau de l'industrie française.

Malgré ses préoccupations industrielles et ses nombreuses occupations, Mabille, toujours gai, toujours affable, ne perdit jamais de vue le soulagement de ses concitoyens, et son dévouement au bien public fut son idée de tous les instants. A côté des conseils que sa claire vision des choses de la vie lui permettait de donner, sa bourse fut toujours ouverte à ceux qui avaient besoin, et combien sont nombreux ceux qu'il a obligés !

Le 28 septembre 1866, lors des inondations de la Loire, une brusque rupture des levées vint à Amboise détruire en partie le quartier de la Croix-Saint-Jean, et deux malheureuses personnes emportées par les flots allaient infailliblement périr, quand Mabille, présent à cette épouvantable agonie, n'écoutant que son courage, s'élança dans un véritable torrent d'eaux boueuses et, après des efforts inouïs, put enfin sauver ces infortunées victimes.

Mais la somme d'efforts fut telle, qu'arrivé sur la rive il tomba sans connaissance, et il fallut de longues heures de soins éclairés et dévoués pour le ramener à la vie.

Une médaille de sauvetage récompensa cet acte de dévouement.

Quand la déclaration de l'épouvantable guerre de 1870-1871 vint surprendre la France entière, Mabille, sans attendre l'ordre d'appel qui le classait parmi les vieux garçons mobilisés, se rendit à Tours, et là, avec quelques camarades sous les ordres du capitaine Sansas, il créa une vaillante compagnie de francs-tireurs, qui, en bien des circonstances et particulièrement aux environs d'Orléans, tint souvent l'ennemi en échec, lui fit subir de nombreuses pertes et ramena de nombreux prisonniers.

La guerre finie et rentré dans la vie civile, Mabille entra dans la vie politique. Fils de républicain et républicain lui-même, il ne pouvait rester inactif en présence des assauts que les partisans du trône et de l'autel livraient sans cesse à la République naissante. Répondant à l'appel de ses concitoyens, le 21 janvier 1878, il fut élu maire de la commune de Nazelles et conserva ce poste jusqu'au 14 mai 1896, époque à laquelle il devint maire d'Amboise.

Le 29 avril 1894, remplaçant un bonapartiste militant, il fut élu conseiller d'arrondissement.

Le 21 juillet 1901, les électeurs l'envoyèrent siéger au Conseil général.

Il conserva ce poste jusqu'au jour de sa mort, arrivée le 25 avril 1906.

Si Mabille fut un industriel intelligent et actif, un patriote dans le vrai sens du mot, un administrateur éclairé et infatigable, il n'en consacra pas moins une partie de ses forces à la viticulture française, et le canton d'Amboise particulièrement lui doit, en grande partie, la prompte reconstitution de son vignoble.

Car, prêchant d'exemple, lui qui par ses voyages avait pu suivre tous les travaux et les résultats obtenus par les viticulteurs du Midi, il créa à Nazelles une pépinière communale, et si cette entreprise fut, pour lui seul, désastreuse au point de vue financier, il eut la satisfaction de voir ses efforts couronnés de succès, car la commune de Nazelles a tenu certainement dans le département la première place dans la reconstitution de son vignoble détruit par le phylloxera, et bientôt toutes les communes circonvoisines suivirent l'exemple donné par le Syndicat nazellien.

RÉCOMPENSES

Une vie de labeur, de dévouement et de désintéressement comme celle d'Ernest Mabille ne pouvait manquer d'obtenir de nombreuses récompenses ; nous en donnons la liste, par ordre de dates :

1866. Médaille de sauvetage.
1880. Chevalier de l'ordre du Christ de Portugal.
1886. Chevalier du Mérite agricole.
1888. Chevalier du Nicham.
1889. Chevalier de la Légion d'honneur.
1891. Officier du Mérite agricole.

Quand il quitta l'industrie, en 1891, l'usine Mabille frères avait déjà conquis dans les concours et sur tous les points du globe :

Cinq grands prix d'honneur ;
Vingt-quatre diplômes d'honneur ;
Cinq cent quarante-trois médailles diverses.

OBSÈQUES DE M. ERNEST MABILLE

27 AVRIL 1906

Nous ne pouvons mieux faire que de reproduire ici presque textuellement le compte rendu fait par le journal *la Dépêche* des obsèques de M. Ernest Mabille.

La ville d'Amboise a fait cet après-midi à son regretté maire et conseiller général, M. Ernest Mabille, des obsèques dignes de l'excellent homme et de l'honnête citoyen qui vient de disparaître.

La foule qui a accompagné ce vaillant démocrate au champ de repos était en effet compacte. On était accouru de tous les points du département pour conduire à sa dernière demeure celui qui fut toujours à l'avant-garde du parti républicain; plus de quatre mille citoyens se pressaient autour de son cerceuil et le convoi se déroulait sur presque un kilomètre de longueur. Ce long cortège est vraiment imposant dans son religieux silence, l'on sent que le département en deuil a perdu l'un des meilleurs de ses enfants.

Sous un ciel gris, le défilé commence dans l'ordre suivant :

La fanfare et les élèves de l'École supérieure Charles-Guinot, sous la direction de leur dévoué directeur M. Filleteau.

Les écoles primaires de filles et de garçons d'Amboise, de Nazelles et de Saint-Denis-Hors.

La fanfare de Limeray.

Les Sociétés de secours mutuels des maîtres-ouvriers d'Amboise, des ouvriers d'Amboise, de Nazelles, de Limeray, la Société d'horticulture d'Amboise, les Prévoyants de l'Avenir.

Les fanfares de Mosnes et de Chargé.

Les Sociétés de secours mutuels de Mosnes, de Pocé, des vignerons de Montreuil, la Solidarité de Souvigny, la Caisse scolaire du canton.

Les fanfares d'Amboise et de Pocé.

Les Persévérants Écossais, l'Union des libres-penseurs, la Compagnie des sapeurs-pompiers.

Un immense char chargé de couronnes.

Le char funèbre.

La famille.

Les autorités départementales, les sénateurs, les conseillers généraux, les conseillers d'arrondissement, le corps municipal d'Amboise, nombreux maires et conseillers municipaux du département et quantité d'amis du défunt et de la famille.

Les cordons du poêle étaient tenus par M. Bidault, sénateur; M. Allard, ancien vice-président du Conseil général; M. Gautron, des Persévérants Écossais, et M. Marchand, ouvrier depuis plus de quarante ans dans la maison Mabille.

Citons, parmi les personnes présentes :

MM. Lardin de Musset, préfet d'Indre-et-Loire; Belle, Bidault, Pic-Paris, sénateurs; Foy, Jorand, Gasse, conseillers généraux; Chapu, conseiller général de Loir-et-Cher; Gaucher, Loiseau, Chollet, Lebrun, Lefébure et Petit, conseillers d'arrondissement; la Municipalité d'Amboise, les Administrateurs de l'hospice, les Directeurs de la Caisse d'épargne; MM. Bonin, capitaine de gendarmerie, Badier,

Jaudel, Marchais et Rosier, conseillers municipaux de Tours; Saint-Paul, directeur des Contributions; Martin, professeur d'agriculture; Robin, directeur du Laboratoire chimique; Prince, ingénieur des Ponts et Chaussées; Convy, agent voyer chef; Breiteignier, inspecteur d'académie; Charrier et Javary, inspecteurs primaires; Girault, maire, et Pardoux, adjoint de Noizay; Mangeant, maire de Saint-Denis-Hors; Mangeant, maire de Mosnes; Robert, maire de Montreuil; Roncin, maire de Negron; Brossier, maire de Nazelles; Cerisier, maire de Pocé; Nourry, maire de Cangey; Nadal, maire de Souvigny; Doumas, maire de Saint-Martin-le-Beau; Duveau, maire de Chargé; Roy, maire de Limeray; Guérin, juge de paix; Blanchard, receveur d'enregistrement; Herron, président du comité radical de Saint-Symphorien; Méras, Duval, Varenne, statuaire; Wiellorsky, architecte départemental; Rouger, avocat; Testu, Thuret, Lorion, Blanc, commandant Rehm, docteur Servant, nombreux instituteurs et institutrices du canton, etc., etc.

On remarquait surtout la superbe couronne en fleurs naturelles offerte par le Conseil général et portée par les huissiers de la préfecture, ainsi que les couronnes offertes par :

La ville d'Amboise.
Les membres du Conseil municipal d'Amboise.
Les employés de la ville.
La loge des Persévérants Écossais de Tours.
L'Union des libres-penseurs.
Le Comité républicain du commerce et de l'industrie.
La Caisse d'épargne d'Amboise.
Les sapeurs-pompiers.

L'administration et les élèves de l'École supérieure.
L'Association du Mérite agricole.
Amboise fanfare.
Les maîtres ouvriers d'Amboise.
Les ouvriers d'Amboise.
La Société d'horticulture.
Les Prévoyants de l'Avenir.
La Société Saint-Hubert.
Et quantité d'autres splendides couronnes offertes par la famille, les amis et les sociétés.

C'est aux accents des marches funèbres exécutées tour à tour par les différentes musiques que le cortège traverse la ville pour se rendre au cimetière. De nombreux magasins sont fermés en signe de deuil. Sur tout le parcours les lanternes à gaz sont voilées de crêpe et allumées. Les trottoirs sont couverts d'une foule silencieuse et émue.

On passe devant la mairie qui a reçu une décoration de drapeaux cravatés de noir ; une large bande de crêpe s'étale sur les deux faces.

A l'arrivée, le cercueil est déposé sur un catafalque dressé au milieu d'un vaste terrain récemment annexé au cimetière.

PREMIER DISCOURS

Puis M. Lardin de Musset, préfet d'Indre-et-Loire, prend la parole et prononce l'éloquent discours qui suit :

Messieurs,

Lorsque nous est parvenue, en pleine session du Conseil général, l'annonce de la brusque disparition de M. Ernest Mabille-

cette triste nouvelle a produit chez nous tous une impression particulièrement pénible.

L'honorable M. Belle, président de l'assemblée, a, en quelques mots émus, adressé un affectueux adieu au collègue perdu, et la séance a été levée en signe de deuil. Je demande à joindre aujourd'hui ma voix à celle de M. Belle, pour dire les douloureux regrets que nous laisse la disparition de cette figure bien tourangelle, si sympatique à tous ceux qui l'ont connue.

Simple ouvrier mécanicien au début, Ernest Mabille avait su, à force d'intelligence, d'activité et de labeur, arriver à la fortune, en fondant dans sa ville natale cette importante usine de pressoirs, dont la réputation rayonne dans le monde entier.

Il n'est pas rare, sous notre régime démocratique, qu'un homme parvienne à s'élever par sa valeur et son travail ; mais ce qui est autrement rare, c'est qu'il sache jouir de la fortune acquise et qu'il ne renie pas son passé.

Fier au contraire de ses origines plébéiennes, Ernest Mabille était resté profondément démocrate, et il n'a jamais manqué de prouver ses convictions nettement républicaines, aussi bien aux heures périlleuses que dans les périodes de lutte. Pourquoi faut-il que, faute de quelques jours, il n'ait pu assister au triomphe définitif de l'idée républicaine dans tout le département d'Indre-et-Loire ?

Enfant du peuple, il avait le très vif sentiment du devoir, et c'est ainsi, pour ne citer que des faits tout récents, que, malgré la fatigue et la maladie, il a tenu jusqu'à la dernière heure à se faire conduire à sa mairie pour donner à sa chère ville d'Amboise qu'il aimait tant une persévérante marque de sa fidèle affection ; c'est ainsi également qu'en janvier dernier nous nous inclinions respectueusement devant son énergique résolution d'apporter au Palais de Justice de Tours son suffrage sénatorial à ses vieux amis politiques.

Mais M. Mabille avait encore une autre qualité, celle d'être serviable et bon, et sa générosité était proverbiale, car jamais un malheureux n'a fait vainement appel à son bon cœur. Et si ses amis gardent un reconnaissant souvenir de l'accueil cordial et fastueux qui faisait le renom de son hospitalière demeure, je ne doute pas que les pauvres d'Amboise ne conservent, eux aussi, la mémoire de ses largesses et de ses bienfaits.

Je m'étais demandé ce qu'il fallait le plus louer, de sa vaillance, de sa foi républicaine, de son dévouement au pays ou de sa bienfaisance. A quoi bon cette question ? N'est-ce pas de cet ensemble de qualités que l'ont voulu remercier ses concitoyens, en le nommant successivement maire de Nazelles, membre de la Chambre de commerce, conseiller d'arrondissement, puis en l'appelant, en 1896, à être à la mairie d'Amboise le successeur de l'honorable et respecté M. Guinot, dont le souvenir est toujours si vivace parmi nous, enfin en l'envoyant siéger au conseil général, lorsque son estimé et distingué prédécesseur crut devoir prendre une retraite que n'ont pu expliquer que sa discrétion et sa modestie. N'est-ce pas aussi pour le récompenser de tant de services rendus à l'industrie et à son pays, que le gouvernement de la République l'avait fait chevalier de la Légion d'honneur.

Il y a quelques semaines à peine, lorsque, la revision nous ramenant comme tous les ans à Amboise, M. Ernest Mabille nous permit de passer lui serrer la main, ce fut avec une poignante émotion que, dans cette salle à manger où nous étions toujours si pompeusement accueillis, nous vîmes se remplir de grosses larmes ces yeux d'ordinaire pétillants de finesse, au reflet des fusées de son esprit gaulois, et nous sortîmes de cette maison amie, si joliment baptisée la Gaieté, le cœur serré et désolé.

Mais combien plus douloureuse en a été notre sortie aujourd'hui, alors que chacun de nous songeait qu'il ne reverrait plus l'ami qu'il était venu saluer pour la dernière fois.

Oui, son gai regard s'est éteint, sa bouche a cessé de sourire et son âme de palpiter. Du moins Ernest Mabille restera-t-il, en notre souvenir, comme un homme aimable, un esprit charmant, une nature éprise du bien, et surtout comme un grand exemple de ce que peuvent le travail fécondé par l'intelligence, un cœur généreux aidé par la fortune, la droiture et la fidélité soutenues par la loyauté. Aussi est-ce bien tristement que nous saluons cette tombe qui nous le prend, la famille qui le pleure, et tous ceux pour qui sa perte est une douloureuse épreuve.

DEUXIÈME DISCOURS

Après le préfet d'Indre-et-Loire, M. Belle, sénateur, président du Conseil général, dans une chaleureuse improvisation, vante les vertus républicaines d'Ernest Mabille, ce vieux lutteur auquel on ne fit jamais appel en vain aux heures difficiles lorsqu'il fallut combattre la réaction.

Il dit que la première fois qu'il rencontra Mabille, ce fut en 1870, le jour où ce vaillant patriote, voyant la Patrie en danger, vint à Tours contracter un engagement et demander un fusil pour aller faire face à l'ennemi envahisseur.

Il rappelle que le défunt, qui était d'origine modeste, ne cessa sa vie entière d'être le camarade et le compagnon des travailleurs.

On le vit, ajoute M. Belle, aux élections sénatoriales dernières, quand déjà brisé par la maladie, faire le voyage de Tours et soutenu, presque porté par les amis, gravir péniblement les escaliers du Palais de Justice pour apporter son bulletin en faveur des républicains. Ce spectacle n'était pas sans grandeur. Des hommes tels que lui méritent qu'on les honore et que l'on fasse revivre leur souvenir chez les populations futures.

TROISIÈME DISCOURS

Prononcé par M. Petit, *adjoint au maire d'Amboise.*

Mesdames,
Messieurs,

C'est le cœur plein de tristesse et de la plus cruelle émotion que je viens, au nom du Conseil municipal, au nom des habitants de la ville d'Amboise, adresser un suprême adieu à ce cher mort et rendre un témoignage de sympathie et d'affection à ce maire, à ce cher camarade, à ce vieil ami si regretté, si bon et dont l'existence si laborieuse, si pleine de dévouement à la cause publique et à tous ses semblables se termine aussi prématurément.

Cet homme de bien qui vient de disparaître est né dans notre ville en 1837, d'une vieille famille amboisienne très honorée, très estimée, d'un père honnête et intelligent, travailleur et par dessus tout républicain convaincu, d'une mère dont la bonté pour ses enfants surtout était exemplaire.

Avec de tels exemples, avec de telles vertus Ernest Mabille ne pouvait faire que d'être ce qu'il a toujours été : actif, intelligent et bon.

Issu de sang de prolétaire, n'est-ce pas un honneur, je dirai presqu'une gloire, pour la classe ouvrière que de tels hommes sortent de son sein et puissent se créer par leur travail, par leur labeur, une situation pécuniaire et sociale aussi élevée que celle où était arrivé Ernest Mabille ?

Qu'il me soit permis une digression, à moi qui ait vécu de sa vie : que de cette situation pécuniaire et sociale il ne s'en est jamais enorgueilli, il ne s'en est jamais trouvé plus anobli, il est toujours resté l'ami sincère et dévoué de tous ses anciens camarades, qui n'ont pas eu comme lui la rare fortune de changer leur humble condition.

Que n'eût-il fait aussi s'il avait été à même de profiter de ce que la République nous a donné maintenant ? Que n'est-il venu au monde cinquante ans plus tard, ou bien alors pourquoi l'instruction n'a-t-elle pas été répandue un demi-siècle plus tôt, car avec son jugement si net, avec sa prodigieuse mémoire, avec sa vive intelligence, que ne serait-il devenu s'il avait pu acquérir par la science tout le vernis, tout le développement de ses grandes facultés naturelles.

Il comprenait si bien l'importance de la valeur de l'instruction, que son premier soin en prenant possession de la mairie d'Amboise fut d'établir la gratuité des fournitures dans nos écoles communales, et chaque année il donnait aux institutrices et instituteurs de la ville et du canton de nombreux et magnifiques livres de prix pour récompenser et stimuler le zèle de leurs élèves.

En collaboration avec son frère aîné, n'a-t-il pas donné à notre ville un renom industriel s'étendant au monde entier, il est allé dans tous les concours, dans toutes les expositions. Il n'a pas craint, lui ce cher mort, ni ses fatigues ni ses peines pour traverser les mers et répandre ses produits dans tous les pays étrangers, et partout ses efforts ont été couronnés de succès, partout les plus hautes récompenses sont venues couronner ses efforts,

A l'exposition universelle de Paris en 1878, la croix de la Légion d'honneur était décernée à M. Emmanuel Mabille, et à celle de 1889 cet insigne honneur était donné à notre regretté maire.

Comme homme privé, lors de l'inondation de 1866 n'écoutant que son courage et toujours plein de dévouement pour ses semblables, il sauve au péril de sa vie plusieurs personnes qui allaient infailliblement périr dans les flots.

Sa belle conduite lui valut une médaille de sauvetage.

En 1870 il n'attend pas que la loi militaire le frappe, il s'engage dans la compagnie des francs-tireurs Sansas pour voler au secours de la patrie envahie, et là comme partout il se fait remarquer par son ardent patriotisme et se fait aimer par son entrain, sa gaieté, sa générosité et son bon cœur.

C'est quelques années après cette malheureuse guerre de 1870 qu'Ernest Mabille entra dans la vie publique comme maire de Nazelles, et pendant plus des vingt années qu'il dirigea cette commune il ne cessa de faire le bien. Et qui de nous ne se rappelle ces magnifiques fêtes qu'il avait un secret particulier pour organiser : il a élevé Nazelles à l'apogée de la splendeur.

A côté de cela, lors de la destruction de nos vignobles, n'a-t-il pas créé une pépinière de plants greffés et n'a-t-on pas été heureux dans notre région de trouver sa bourse pour la fonder ?

Que vous dirais-je encore? Pendant les dix années qu'il a dirigé l'administration de notre ville, il n'a reculé devant aucun sacrifice personnel pour la bonne gestion de nos affaires publiques.

Nous perdons un administrateur dévoué et désintéressé, nous perdons un bon maire qui, quelquefois sous des apparences un peu vives, cachait une générosité incomparable et un cœur d'or, et la République perd un de ses plus vaillants défenseurs, car il avait reçu les leçons de ces vieux républicains de 1848, de ces vieux lutteurs amis de la liberté qui n'ont jamais pardonné à l'Empire le crime du 2 décembre 1851.

Il faisait partie de cette vieille phalange amboisienne, de ces vieux démocrates, presque tous disparus aujourd'hui, que l'on trouvait toujours à la tête de l'armée républicaine, et l'on peut dire que c'est de ce noyau d'hommes énergiques et résolus que la République, dans notre département, a pris son essor.

Ernest Mabille, républicain d'avant-garde, ne marchanda jamais son concours pour la défense de la République : on le vit toujours au premier rang, lorsque, dans les heures difficiles, il fallut repousser les attaques violentes et réitérées de la réaction.

Quel vide aussi pour ses amis! Sa loyauté, la franchise de son caractère, sa franche cordialité, sa gaieté, qu'il savait si bien communiquer à ses invités, et son bon cœur laisseront à ceux qui l'ont approché un souvenir éternel.

Aussi, est-ce le cœur désolé que je salue avec vous tous, d'un solennel et dernier hommage, une existence faite tout entière de travail, de probité, de bonté et d'honneur.

QUATRIÈME DISCOURS

Prononcé par M. Jaudel, *au nom de la loge* « les Persévérants Écossais » *et président de la Ligue des Droits de l'homme* (*Section tourangelle*).

Mesdames,
Messieurs,

Je viens, au nom de la Ligue des Droits de l'homme, apporter un suprême hommage à celui qui fut le premier président de la Section tourangelle.

Mes Frères,

En votre nom, j'apporte le dernier adieu à notre vénéré frère Mabille. C'est dans la forêt de Loches, pendant la guerre de 1870, qu'il fut initié. Il fut un véritable et fidèle maçon. Vous souvenez-vous, mes frères, de son large et bon sourire? Sa bonne humeur constante témoignait de la tranquillité de son âme; son cœur généreux s'ouvrait à toutes les nobles causes; jamais personne n'a, en vain, sollicité son aide matérielle ou morale; son importante fortune, la grandeur de ses facultés intellectuelles et morales lui permettaient de rendre des services immenses dans tout le champ des relations humaines.

Notre atelier des Persévérants Écossais, en particulier, lui doit tout. Jamais nous n'oublierons que c'est surtout à sa contribution personnelle que notre loge doit cette prospérité qui lui assure une situation de plus en plus brillante ; c'est grâce surtout à ses qualités de cœur et d'esprit qu'il sut grouper autour de lui tant de vaillants et solides maçons, animés tous du même souffle de liberté et de solidarité, aspirant tous vers la conquête d'un avenir meilleur et à l'émancipation définitive de tout le genre humain. Sa tolérance assurait entre nous la cordialité la plus parfaite dans l'exercice de nos travaux ; aucune idée, aucune opinion, aussi hardies qu'elles puissent apparaître aux yeux de certains d'entre nous, ne pouvait choquer ses sentiments.

Son attachement à la maçonnerie, et en particulier à sa chère loge, atteignait les hauteurs de l'amour ; il était persuadé que les loges nationales reliées entre elles internationalement contribueraient à atteindre peu à peu le but que se sont tracé, depuis des temps immémoriaux, tous les génies humains, tous les philosophes, tous les esprits grands et généreux : *la recherche de la vérité et la réalisation de la fraternité universelle.* Il pensait en effet, lui qui avait tant vu dans ses voyages sur tout le globe terrestre, que la devise de fraternité proclamée par toutes les religions n'est actuellement qu'un mensonge : les patries luttent entre elles, la concorde qui les lie n'est que momentanée ; elles sont divisées par l'intérêt national. Les hommes d'une même patrie luttent entre eux ; l'intérêt les divise ; le bonheur des uns est fait de l'oppression, de l'exploitation et de la misère des autres.

L'homme est un loup pour l'homme.

La maçonnerie universelle tend à faire disparaître les obstacles qui séparent les nations et les met en antagonisme ; les loges nationales, en cultivant les esprits, en répandant dans le peuple, par les associations qu'elles contribuent à fonder, des idées de tolérance, de justice et de vérité, travaillent à la réalisation de ce qui n'est aujourd'hui qu'une formule : *la Liberté, l'Égalité, la Fraternité.*

Voilà pourquoi notre frère Mabille est resté, jusqu'à ses derniers jours, un maçon fervent et militant, malgré son état de santé qui depuis longtemps déjà lui imposait le repos.

Vous l'avez vu, mes frères, il y a quelques mois, présider pour la dernière fois notre fête solsticiale. Avec quelle touchante sollicitude tous les frères présents l'entouraient de leurs soins ; car, vous vous en souvenez, on l'a pour ainsi dire porté dans la salle du banquet et là, heureux jusqu'aux larmes des marques de tendresse que nous lui prodiguions, il a vécu ses dernières heures de travail maçonnique.

Nous ne le verrons plus. Il ne nous aidera plus de ses lumières. Ce flambeau à la pure clarté est à jamais éteint. Plus jamais ne se fera entendre cette voix fraternelle, dont le son éveillait dans le souvenir de nos aînés les jours vécus dans les moments difficiles où l'intimité, la confiance réciproque, l'aide mutuelle, les encouragements, inspiraient la confiance, stimulaient l'énergie et réconfortaient les âmes.

On l'a dit : notre vie est une vallée de misères et de larmes. Il faut l'accepter d'un cœur vaillant, avec courage et envisager avec calme ce que la fatalité nous impose. Les seules joies pures goûtées par les âmes généreuses, comme notre frère Mabille, sont inspirées par l'amour de nos semblables, le bien que nous pouvons exercer et la joie recueillie du devoir accompli.

Que le souvenir de ses actes guide nos actes ! Que sa mémoire vive éternellement dans nos cœurs !

Adieu au nom de la loge des Persévérants Écossais.

Adieu au nom de la franc-maçonnerie universelle.

CINQUIÈME DISCOURS

Prononcé par M. LEBRUN, *conseiller d'arrondissement, maire de Saint-Cyr-sur-Loire, au nom du Comité républicain du Commerce et de l'Industrie.*

MESDAMES,
MESSIEURS,

Je n'ai pas à retracer la vie toute d'honneur et de travail de celui qui vient de partir, d'autres plus autorisés que moi venant de le faire ; je tiens simplement à rendre, au nom du Comité républicain du Commerce, de l'Industrie et de l'Agriculture, un dernier hommage à notre collègue Ernest Mabille.

En venant parmi nous, Ernest Mabille nous apportait son

renom de travailleur et d'honnête homme et sa réputation si bien établie de républicain convaincu. Il témoignait ainsi, une fois de plus, de ses sentiments démocratiques qui furent le culte de toute sa vie.

Si la maladie le tenait le plus souvent éloigné de nos réunions, nous savions qu'il y était présent de cœur et qu'à l'heure de la lutte nous pouvions toujours compter sur lui.

Aussi, en lui faisant les suprêmes et derniers adieux, suis-je l'interprète de tous les membres de la section d'Indre-et-Loire, pour dire qu'en partant, Ernest Mabille emporte l'estime et les regrets de tous ses collègues et que nous garderons de lui un affectueux et long souvenir.

SIXIÈME DISCOURS

Prononcé par M. Béry-Auger, *au nom de l'Association du Mérite agricole.*

Mesdames,
Messieurs,

Des voix plus autorisées que la mienne ont retracé la vie de notre collègue du Mérite agricole, M. Ernest Mabille. En l'absence de notre président, M. Pinguet-Guindon, qui n'a pu se joindre à notre délégation, je ne laisserai pas refermer cette tombe sans adresser un dernier adieu à celui qui fut le promoteur et le président d'honneur de notre Union amicale des membres de l'ordre du Mérite agricole d'Indre-et-Loire.

Depuis notre dernière réunion du 5 avril, où le président faisait connaître à l'assemblée générale que nous n'avions perdu que deux membres, le sort frappe notre Société, car, depuis quinze jours, nous avons la douleur d'accompagner à sa dernière demeure notre deuxième collègue.

M. Ernest Mabille avait été nommé chevalier du Mérite agricole un des premiers du département lors de la création de l'Ordre, et, en 1891, le ministre de l'Agriculture l'avait fait officier.

Il avait été aussi l'un des premiers à songer à former cette association fraternelle qui devait nous réunir au moins une fois chaque année, afin de se connaître et de resserrer les liens qui doivent unir la grande famille des agriculteurs.

C'est lui qui avait été nommé président de la Commission d'initiative et il m'avait demandé de vouloir bien lui servir de secrétaire.

Avec un petit noyau d'amis nous avons créé cette Union du Mérite agricole qui était la première de France. Pour fêter cette naissance, nous nous réunissions, une trentaine de décorés, dans un banquet, suivi d'une assemblée générale où M. Mabille, heureux des résultate obtenus, se démettait de ses fonctions de président provisoire, n'ayant pas voulu, malgré les instances de ses collègues, conserver la présidence effective.

Devant le dévouement qu'il avait apporté à la constitution de la Société, nous l'avions nommé, par acclamation, président d'honneur.

Et depuis sa fondation, chaque année, c'était un plaisir de l'avoir avec nous pour présider notre banquet, où sa verve apportait toujours la note gaie à la fin de chaque repas.

Ce n'est que l'an dernier et cette année qu'il ne put être des nôtres, retenu par la maladie qui devait l'emporter. Chacun sentait qu'il manquait à notre réunion, où il aurait été si heureux de constater les progrès de la Société qui, constituée avec trente membres, compte aujourd'hui cent soixante adhérents.

Cher monsieur Mabille, au nom de l'Union amicale de l'ordre du Mérite agricole d'Indre-et-Loire, je dépose sur votre tombe la couronne de la Société, cette couronne aux emblèmes de l'agriculture et de la viticulture que nous avions choisie ensemble, et je ne pouvais croire, à cette époque, qu'elle vous servirait sitôt.

Si le destin a voulu que nous ne comptions plus sur vous, votre souvenir restera gravé dans nos cœurs, et cette Société qui était votre œuvre continuera à progresser comme elle l'a fait depuis sa création.

Au nom de tous les décorés du Mérite agricole, du plus profond de mon cœur je vous dis : Adieu!!!

A 5 heures, cette cérémonie exclusivement civile est terminée et, après un dernier adieu à celui qui fut l'ami et le soutien des malheureux, la foule se retire lentement et vivement impressionnée.

*
* *

Nous avons tenu à recueillir tous les témoignages de regrets et les éloges adressés à la mémoire d'Ernest Mabille, non pas dans la crainte que ceux qui l'ont connu puissent l'oublier jamais, mais, comme l'a si bien dit M. le sénateur Belle, « des hommes tels que lui, méritent qu'on les honore et que l'on fasse revivre leur souvenir chez les populations futures ».

L'on ne saurait trop citer aux jeunes générations l'exemple de ce bon citoyen, qui, sorti du peuple, resta, malgré une grande fortune rapidement conquise, l'ami du peuple, de ce sincère patriote qui, lorsque la Patrie fut en danger, lui offrit sa vie sans réserve, de ce vaillant citoyen qui, toujours sur la brèche, lutta jusqu'à la dernière heure pour le triomphe de la République si sincèrement aimée par lui.

La mort a fait entrer Ernest Mabille dans la postérité : son nom est désormais écrit en lettres d'or au grand livre de l'histoire d'Amboise.

Et il nous a semblé qu'au vieil ami de toute la vie nous devions ce dernier témoignage de notre sincère affection.

A. Gallard.

Amboise, le 2 mai 1906.

8295-06. — Tours, imp. E. Arrault et Cie

www.ingramcontent.com/pod-product-compliance
Ingram Content Group UK Ltd.
Pitfield, Milton Keynes, MK11 3LW, UK
UKHW032036260826
14628UKWH00006B/2994

9 782014 091113